Als meus fills, Blanca i Bernat, encantadors de somnis,
de qui rebo cada dia el millor aprenentatge.
L. A.

Para Riki, por nuestro disfrutar mientras podamos.
M. L.

Laia de Ahumada

Nací en Barcelona en el año 1957. Mi infancia está marcada por los largos veranos pasados en el Pirineo, corriendo por los prados, y en Tarragona, cerca del mar. En ambos lugares experimenté el silencio y la libertad, que siempre me han acompañado. Soy muy inquieta y he hecho un montón de cosas a lo largo de mi vida: sobre todo escribir, pero también doctorarme en filología catalana, dar clases, investigar y cofundar el Centre Obert Heura para personas sin hogar y la asociación Terra Franca. He promovido iniciativas y proyectos que tienen como objetivo mejorar la vida de las personas, preocupada por dejar el mundo un poco mejor de cómo me lo he encontrado. Y soy madre de dos hijos, que han sido los dos mejores libros que he dado a luz. Lo que he escrito en este cuento es lo que les explicaba cuando eran pequeños, con otras palabras pero con el mismo propósito: invitarlos a experimentar el misterio de la vida.

Mercè López

Soy ilustradora. Nací en Barcelona en 1979. Empecé a pintar a los once años y a ilustrar libros a los veinticinco. Dibujo, pinto y hago un montón de cosas más. No oigo muy bien del oído derecho, pero me encanta la música, que siempre me acompaña mientras trabajo. Me gustan las voces graves. Puedo pasarme horas mirando los colores que imprime la luz en los edificios y entre los árboles. O mirando las estrellas. A veces comparto piso con un gato que es la cosa más suave que he tocado nunca. Y ahora estoy aprendiendo a rodar en un tatami que a veces parece muy blandito y a veces parece que hayas caído sobre una piedra. Me gusta probar comida nueva cuando viajo y aprender a cocinarla. Y los olores que me transportan al pasado, como el del jazmín que me recuerda las tardes que pasaba dibujando en el balcón de mis padres. Hay muchos sentimientos que me cuesta expresar con palabras; por eso dibujo.

Publicado por Fragmenta Editorial | Plaça del Nord, 4, pral. 1.ª | 08024 Barcelona | www.fragmenta.es | fragmenta@fragmenta.es
Colección: Pequeño Fragmenta, 11 | Directora de la colección: Inês Castel-Branco | Primera edición: marzo del 2017 | Impresión y encuadernación: Agpograf, S. A.
© 2017 Laia de Ahumada i Batlle, por el texto y la «Guía de lectura» | © 2017 Mercè López Ascanio, por las ilustraciones y la cubierta
© 2017 Fragmenta Editorial, S. L., por esta edición | Depósito legal: B. 2.680-2017 | ISBN: 978-84-15518-63-1 | *Printed in Spain* | Reservados todos los derechos

El sexto sentido

Texto de Laia de Ahumada

Ilustraciones de Mercè López

En algún momento he sentido cosas en mi interior
que me cuesta explicar. ¿A ti te ocurre lo mismo?
Si es así, sabrás de qué te hablo.

Nos podemos entender sin palabras, pero a menudo
son necesarias para explicar lo que sentimos.

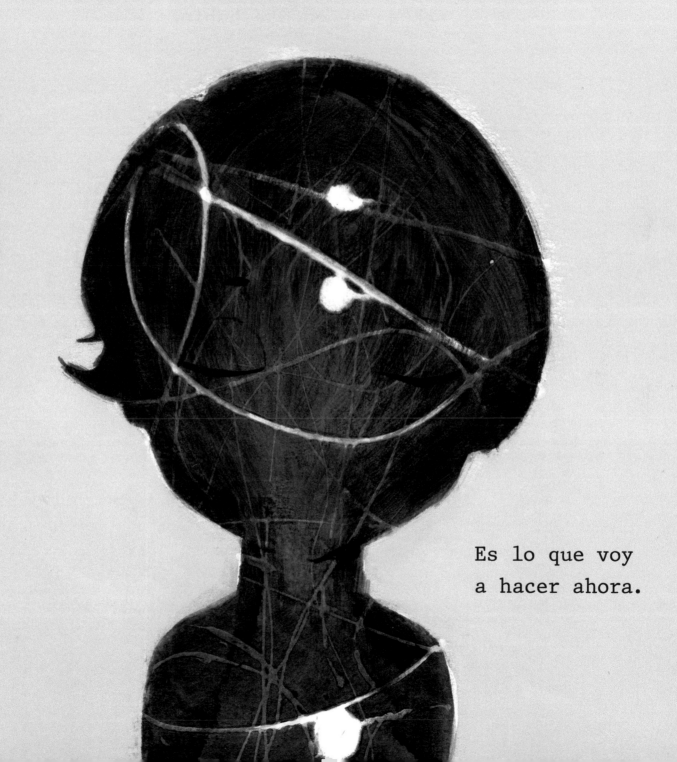

Es lo que voy
a hacer ahora.

Tengo cinco sentidos que me ayudan a experimentar con el cuerpo todo lo que sucede fuera de mí, en el exterior.

Son la vista, el oído, el olfato, el gusto y el tacto.

Con la vista, miro.

Con el oído, escucho.

Con el olfato, huelo.

Con el gusto, saboreo.

Con el tacto, toco.

A veces nos puede faltar algún sentido,
pero si no tuviéramos ninguno, ninguno, ¿qué ocurriría?

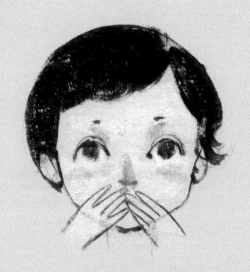  

¡Sería como vivir dentro del caparazón de un caracol!

Para imaginármelo, cierro los ojos,
me tapo los oídos, la nariz,
y no chupo ni toco nada...
pero descubro que ¡sigo sintiendo!

Esto quiere decir que, además de estos cinco sentidos,
debo de tener otro que no se ve ni se oye,
no se huele ni tiene gusto, y que tampoco se puede tocar:
¡el sexto sentido!

Es aquel que me hace ver lo que no se ve
a simple vista. Es aquel que me ayuda a sentir
con todo el cuerpo lo que pasa dentro de mí.

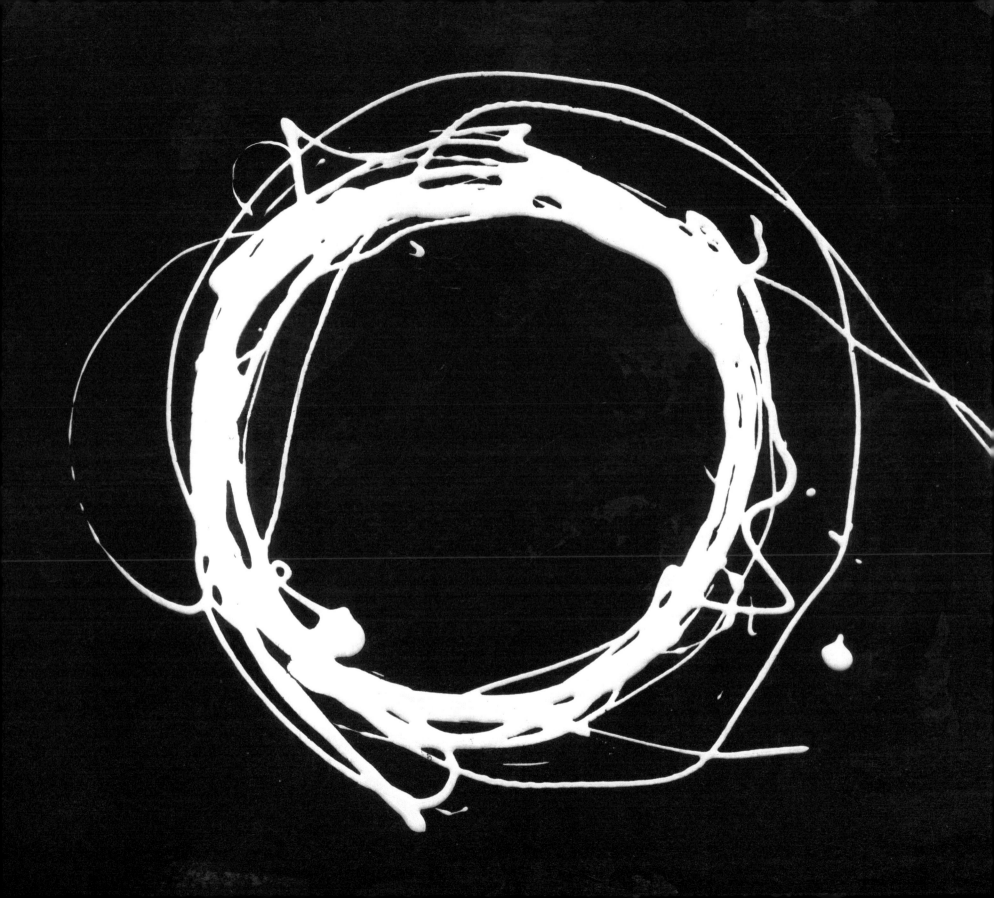

El sexto sentido
lleva unos prismáticos

que me permiten ver si el otro está triste o contento
solo mirándole la cara, aunque no me lo diga.

El sexto sentido tiene un oído
tan fino que a veces me hace callar
para escuchar el silencio,
para descubrir cómo respira una ola
o para sentir la voz del viento
en la cumbre de una montaña.

Tiene un olfato tan sensible
que huele enseguida si pasa algo grave...

...o si todo está en calma.

Tiene tan buen paladar que me ayuda a saborear los
buenos momentos con los amigos, con la familia...

...o cuando estoy sola.

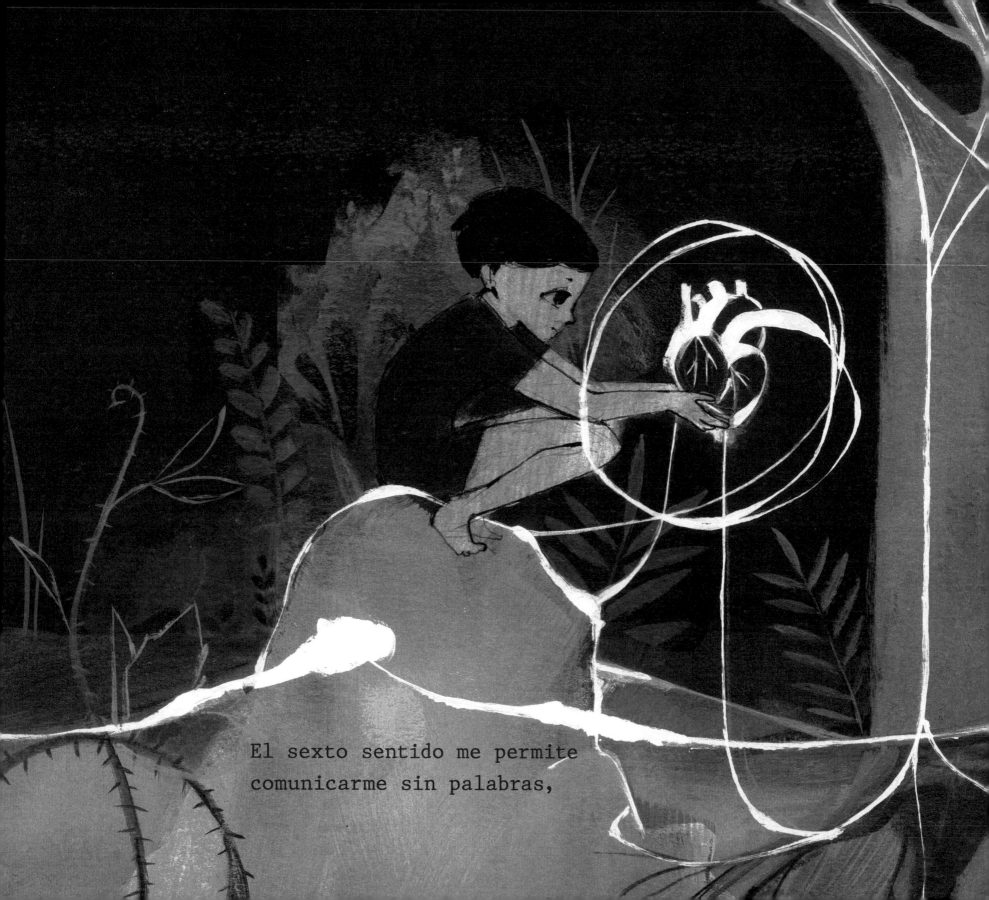

El sexto sentido me permite
comunicarme sin palabras,

sentir el latido de una roca
o el hormigueo de la savia
que se pasea por dentro del árbol;
descubrir que te quiero
y que me quieres.

Cuando me sucede todo esto, me quedo muy sorprendida y maravillada.
Respiro hondo, sonrío y grito flojito: ¡Uaaaaala!
Porque no tengo palabras para decir lo que siento. Pero como te he
dicho que las pondría, lo hago:

Lo que siento es una calidez interior que me guía
como un faro para que no me pierda; que me dice que lo
que hago está bien hecho; que me hace sentir que yo,
las demás personas, los animales, los árboles, la tierra,
la luna..., todo, todo tiene relación con todo y está
donde debe estar, en su sitio, en paz.

GUÍA DE LECTURA

El sexto sentido

Tenemos la necesidad de explicarnos lo que experimentamos, y también de explicarlo a los demás. A veces nos resulta difícil compartir nuestras experiencias porque no encontramos las palabras adecuadas. ¿Cómo explicar lo que es inexplicable? ¿Cómo aclarar qué es la interioridad, lo que pasa en nuestro interior? Es complicado ayudar a los niños a entender aquello que ni nosotros mismos no nos sabemos explicar.

El sexto sentido parte de esta dificultad de expresión y busca imágenes que, de forma gráfica, ilustren aquello que no sabemos cómo decir. Según algunos diccionarios, el sexto sentido es el nombre dado a un hipotético sentido oculto capaz de percibir globalmente, desde el interior. Es la capacidad de percibir lo que no se ve. Podríamos decir que es una *intuición*.

El sexto sentido es un recurso que nos ayuda a profundizar en la dicotomía dentro/fuera y nos hace descubrir que, en el fondo, no hay tanta diferencia entre uno y otro porque todo es visto, olido, escuchado, gustado y tocado desde la subjetividad. Cada uno ve la realidad con sus propias gafas. Podríamos pintar diferentes dibujos abstractos y nos daríamos cuenta de que cada uno los interpreta a su manera, y que a cada uno le sugieren cosas diferentes.

¡Inventemos palabras que nos ayuden a expresar!

Hay momentos o sentimientos que nos cuesta explicar. Son instantes que no tienen palabras, pero que se pueden compartir en la medida en que el otro también los ha experimentado: una puesta de sol, un abrazo, una despedida...

A pesar de la dificultad para expresar ciertas cosas, existe la necesidad de ponerles palabras para entender mejor lo que nos pasa, reconocer nuestros estados de ánimo, conocernos por dentro y compartirlo con los demás. A veces va bien inventar palabras que ayuden a los niños a conectar con los sentimientos y a reconocerlos. Cada familia ha de encontrar sus palabras, y las puede utilizar a lo largo de los años. Por ejemplo, la palabra *calidez*, que aparece en el cuento, puede ser sustituida por la palabra que cada uno considere que expresa mejor su interioridad.

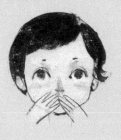

Ejercicio: suspender los sentidos

Vale la pena hacer el ejercicio, tal como se nos propone en el cuento, de entretenernos en cada uno de los sentidos, hacernos conscientes de ellos y después, uno a uno, irlos suspendiendo y ver lo que sentimos. Entonces descubriremos que, aunque no tengamos ningún contacto con el mundo exterior, nuestro mundo interior sigue vivo.

Algunas propuestas más:

Creemos silencio

Podemos hacer una lista de los instantes en los que hemos escuchado el silencio y ver si realmente no hemos oído nada de nada, o si hemos percibido leves sonidos.

Podemos iniciar, a continuación, un momento de silencio y escuchar lo que se oiga, todos los pequeños ruidos que habitualmente nos pasan desapercibidos.

Aprovechemos para hablar de la necesidad del silencio a través de ejemplos como los silencios de una partitura, que tienen duración y también son música; o los silencios de un texto, cargados de significado y que influyen en el ritmo de lectura.

Pensemos en aquellos momentos en que necesitamos estar en silencio para podernos concentrar o crear algo nuevo: escribir, leer, pintar, jugar, pensar…

Encontremos palabras

Observemos el estado de ánimo de las personas que nos rodean, más allá de lo que nos puedan decir con palabras: si están alegres o tristes, nerviosas o tranquilas, preocupadas, cansadas, asustadas… Intentemos encontrar la palabra más adecuada para cada emoción.

Recordemos los buenos momentos que hemos pasado con los amigos, con la familia o solos. ¿Qué hemos sentido, cómo nos hemos sentido? Podemos relacionar el buen momento vivido con la plenitud experimentada.

Reflexionemos sobre la capacidad de admirar, de sorprendernos con cosas que parecen imposibles; por ejemplo, escuchar el latido de un ser inanimado. Atrevámonos a compartir experiencias que hemos tenido y a las que quizás no hemos dado importancia, o no nos hemos atrevido a explicar porque nos daba vergüenza.

Podemos observar con una lupa o microscopio una hoja de árbol y descubriremos muchos más detalles que no vemos a simple vista: los poros por donde respira, la savia que circula, los diminutos insectos que la habitan. Compartamos lo que hemos visto y relacionémoslo con el misterio que contiene cada ser vivo, cada objeto, y que no se ve a primera vista.